くまのこのるうくんと おばけのこ

東直子 作
吉田尚令 画

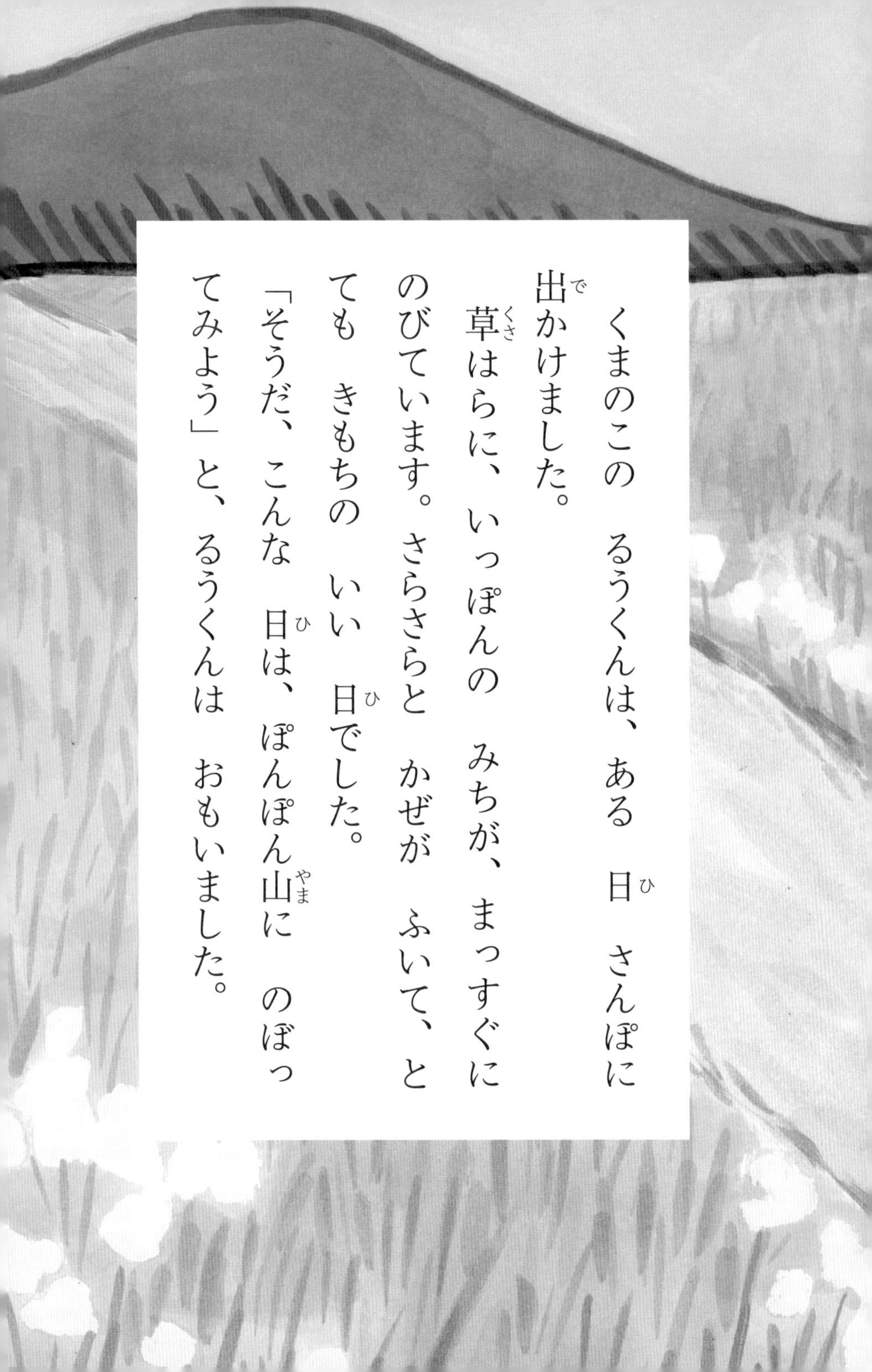

くまのこの　るうくんは、ある　日(ひ)　さんぽに出(で)かけました。

草(くさ)はらに、いっぽんの　みちが、まっすぐにのびています。さらさらと　かぜが　ふいて、とても　きもちの　いい　日(ひ)でした。

「そうだ、こんな　日(ひ)は、ぽんぽん山(やま)に　のぼってみよう」と、るうくんは　おもいました。

草はらの　いっぽんみちは、ぽんぽん山に　つづいています。ぽんぽん山の　てっぺんでジャンプすると、「ぽんぽん」と　音が　するので、「ぽんぽん山」と　いう　名まえが　ついているのです。

るうくんは、　うきうきしながら　あるく　うちに、　だんだんたのしくなってきて、　スキップを　はじめました。

「いっぽんみちだから、　目(め)を　とじても、　ぽんぽん山(やま)に　つけるんだな」

そう　おもった　るうくんは、　スキップしながら、　目(め)を　とじました。

ぷわん！

と、ふんわりした　ものに　ぶつかりました。
るうくんは、びっくりして　しりもちを　ついてしまいました。
目を　あけると、白くて　ふんわりした　こが、るうくんと　おなじように、目の　まえで、しりもちを　ついていました。
白くて　ふんわりした　この、まる

くて　くろい　ふたつの　目が、ぱち
ぱちと　まばたきを　しました。
るうくんは　立ちあがりました。
「ぶつかって　ごめん」
るうくんは　ぺこりと　あたまを
さげて、いいました。
「ぶつかって　ごめん」
白くて　ふんわりした　こも　ぺこ
りと　あたまを　さげて、いいました。

「ぼくが　わるかったんだよ、目を　つぶったまま　あるいてたから」

るうくんは、もう　いちど　ぺこりと　あたまを　さげました。

「ぼくも、目を　つぶったまま　あるいてたよ」

白くて　ふんわりした　こも、また　ぺこりと　あたまを　さげました。

「ぼくたち、どうじに　おなじ　ことを　してたんだね！」

るうくんは、ちょっと　うれしくなって　いいました。

「うん、おなじ　ことを、してたんだね」

白くて　ふんわりした　こも、うれしそうに　いいました。

るうくんは　ますます　うれしい　きもちに　なってきました。
この　こと　もっと　なかよく　なりたいなあ、と　おもいました。

「ぼくは、くまのこの、るうって　いうんだよ」

と、るうくんは、ちょっと　てれくさそうに　いいました。

「るうくん」

白くて　ふんわりした　こは、ゆっくりと　るうくんの　名まえを　よびました。

「きみは？」

白(しろ)くて　ふんわりした　こは、目(め)を　ぱちぱちさせてから、小(ちい)さな　こえで　こう　いいました。

「ぼくは、おばけのこ」

「そうか、おばけの　こどもだから、白(しろ)くて、ちょっと　とうめいなんだね。それで、名(な)まえは　なんて　いうの？」

「おばけのこ、だよ」

「ん、名(な)まえだよ？」

「だから、おばけのこの、おばけのこ、なんだよ」

「あ、そうなんだ！」

るうくんは　やっと　わかりました。おばけのこの　名まえが、
「おばけのこ」だって　いう　ことが。

「ぼく、これから　ぽんぽん山に　のぼるんだよ。ぽんぽん山の
てっぺんで　ジャンプすると、山が　ぽんぽんって、なるんだっ
て」
と、るうくんは　いいました。すると、おばけのこは、
「ぼくも　いく」
と　いいました。
「ぽんぽん山の　てっぺんで、ぽんぽんする！」
るうくんと　おばけのこは、いっしょに　ぽんぽん山に
のぼりに　いく　ことに　しました。

るうくんは、うれしくなって、スキップを　しました。おばけのこも　まねを　しました。でも、おばけのこが　スキップを　すると、からだが　ふうわり　ういてしまいます。るうくんのように　じょうずに、スキップしながら　まえに　すすむ　ことは　できませんでした。

そこで　るうくんは　いいました。

「きみって、とっても　かるいんだね。じゃあ　さあ、いっその　こと、とんでごらんよ。とりさんみたいに」

「うん！」

おばけのこは、力を　いれて　ジャンプして、とりのように　かぜに　のろうと　しました。

でも、うまく　のれずに、すぐに　ふうわりと　じめんに　おりてしまいます。

おばけのこは、くびを　右(みぎ)と　左(ひだり)に　ひねってから、ぺたんと
しゃがみました。

こんどは、そのまま　からだを　小(ちい)さくするように、ぎゅっと
力(ちから)を　いれて、ぱっと　とびあがりました。

さっきより、たかく　とびあがる　ことが　できました。

「やったあ」

るうくんは、うれしくなって　大(おお)きな　こえで　いいました。

おばけのこは、ほんのり　からだが　オレンジいろに　なりました。

でも、やっぱり　かぜに　のる　ことは　できなくて、ふわふわと　るうくんの　目（め）の　まえに　ゆっくり　おりてきました。

「ぼく、うまくないや」

おばけのこは　かなしそうに　いいました。からだの　オレンジいろは　すっかり　きえて、白（しろ）い　いろに　もどりました。

「いいよ、そんな　こと！」

と、るうくんは、おばけのこを　はげますように　いいました。

「ぼくも　とべないんだから、ふたりで　ゆっくり　あるいていこうよ」

るうくんは、おばけのこの　手（て）を　とって、ぎゅっと　にぎり

ました。その　とき、おばけのこは、ぽっと　からだが　すこし　ひかったようでした。

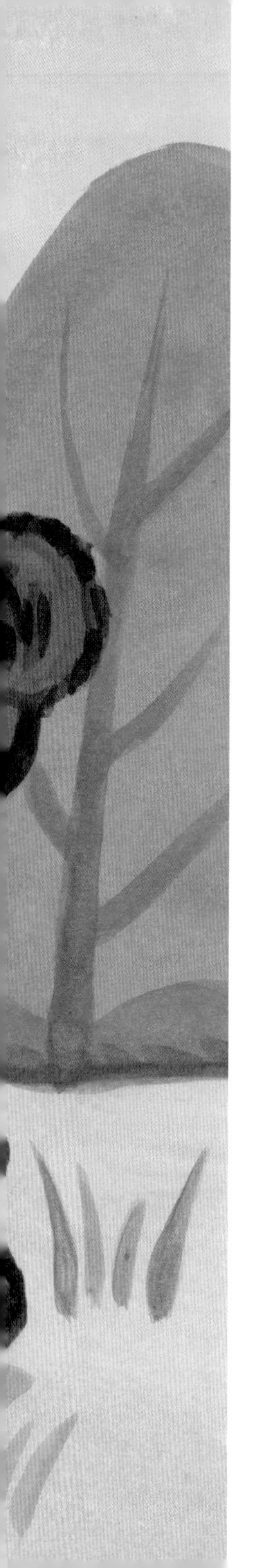

ふたりは、草（くさ）はらの　いっぽんみちを、ゆっくり　あるいてい
きました。
きいろい　ちょうちょが　ひらひらと　やってきて、おばけの
この　あたまに　ちょこんと　のりました。るうくんは、きいろ
い　ちょうちょが　リボンみたいで　かわいいなあ、と　おもい
ましたが、おばけのこは、きいろい　ちょうちょに　きが　つい
て　いないみたいです。

ふっと　つよい　かぜが　ふいて、きいろい　ちょうちょは、おばけのこの　あたまから　はなれて、こんどは、るうくんののどもとに、ぴたりと　とまりました。

「ちょうちょの　ちょうネクタイだ！」

おばけのこが、それを　見て、たのしそうに　いいました。るうくんは、のどに　きいろい　ちょうちょを　とめたまま、ちょっと　とくいそうに、せなかを　そらしました。

すると、もう　いちど　つよい　かぜが　ふいて、きいろいちょうちょは、ふわあ、と、とおくへ　とんでいきました。

きいろい　ちょうちょが　見えなくなると、ふたりは
また、草はらの　いっぽんみちを　あるきはじめました。

やがて　ふたりは、ぽんぽん山の　ふもとに　つきました。

「これが　ぽんぽん山だよ」

るうくんが　いいました。

「これが　ぽんぽん山なんだね」

おばけのこが　いいました。

ぽんぽん山には、ふさふさした　みどりの　はっぱの　木が　たくさん　はえています。

はっぱの　あいだから　ひかりが　もれています。るうくんの、ちゃいろい　ふさふさした　けが　きらきら　ひかりました。

おばけのこは、るうくんの　からだが　ひかりで　まだらもようになるのが、きれいだな、と　おもいました。おばけのこの　白(しろ)い　からだを、きらきらした　ひかりが　とおりぬけました。

るうくんは、おばけのこが　ひかりと　なかよしに　なれて、すてきだな、と　おもいました。

ふたりは、こもれびの　ゆれる　さかみちを、のぼっていきました。

そう　して　どんどん　あるいていると、　るうくんは、　すこし
あせが　でてきました。
「ちょっと、あつくなって　きたね」
るうくんが　おばけのこに　はなしかけると、　おばけのこは
「うん……」と　小さな　へんじを　しました。　おばけのこの
あたまに、あせの　つぶが　うかんでいました。
「わ、だいじょうぶ？」
るうくんが　そばに　よると、　おばけのこは、　また　「うん」
と　小さく　へんじを　して、　ぺたんと　すわりこみました。
「ちょっと、やすもうか」

るうくんは、おばけのこの　となりに　すわりました。

ふうっと、かぜが　ふいてきました。

「きもちの　いい　かぜだね」

るうくんが　いうと、おばけのこは、

「うん！」と　げんきに　へんじを　しました。

「いこう」

おばけのこが　立ちあがって　いいました。

「うん」

るうくんも、立ちあがりました。

おばけのこが　うでを　ふって　あるきだし、るうくんが　あとに　つづきました。

「さかみちだって、へいきだい、とおくたって、へいきだい」

おばけのこが、あるきながら、うたいはじめました。

「さかみちだって、へいきだい、とおくたって、へいきだい」

るうくんも、おばけのこを　まねして　うたいました。

「さかみちだって、へいきだい、とおくたって、へいきだい」

ふたりは　いっしょに　うたいました。

手（て）を　つないで、ぶんぶん　ふりながら、さかみちを　いっしょに　のぼっていきました。

しばらく　のぼった　ところで、
みちが　ふたまたに
わかれていました。
どっちの　みちにも　すぐ　先に
トンネルが　あって、
トンネルの　上に
「てっぺん、こっち」と、
かいてあります。

「これじゃあ、どっちへ
いって　いいか
わからないや。
どっちからも、
てっぺんに　いけるって
ことなのかなあ。まよっちゃうなあ」
るうくんは、くびを　右（みぎ）に　左（ひだり）に
かたむけながら、なやみました。

「ねえ、どっちへ　いけば　いいと　おもう？」

るうくんが　おばけのこに　きくと、おばけのこは　目（め）を　ぱちぱちと　させてから、こう　いいました。

「りょうほうの　みちを、いってみようよ」

「ええっ？」

るうくんは、ちょっと　びっくりして　いいました。

「りょうほうの　みちなんて、いけやしないんだよ」

すると　おばけのこは、ふうわりと　わらって　いいました。

「るうくんは、こっちの　みちで」

おばけのこは、右（みぎ）がわの　みちを　ゆびさしました。

「ぼくは、　こっちの　みちを
いって」

おばけのこは、左がわの
みちを　ゆびさしました。

「ちょうじょうで　まちあわせしようよ」

「ちょうじょうで　まちあわせ……」

るうくんは　かんがえました。

「うん、それは　すてきかも　しれない」

るうくんは　いいました。

「ぽんぽん山の　てっぺんで、また　あおうね」

　おばけのこの　かおを　見ながら、るうくんが　にっこりと　わらって　いいました。

「うん。ぽんぽん山の　てっぺんで、また　あおうね」

　おばけのこも　いいました。

　ふたりは、「てっぺんまできょうそうだあ」「きょうそ

うだあ」と　いいあいながら手を　ふって、それぞれのトンネルの　なかに　はしって　はいっていきました。

おばけのこが　トンネルにはいると、トンネルの　入り口が　ほんのり　白くなりました。

るうくんが　トンネルを　ぬけると……、そこは、りんごの木の　みちでした。大きな　りんごの　木に、あかい　りんごがたくさん　みのっていました。

るうくんは　りんごを　ひとつ　とって　たべました。ちょっと　すっぱい　りんごでした。

「おいしい！」

しゃくしゃく　音を　立てて　たべながら、るうくんは　りんごの　木の　みちを、あるきました。

ちょっと　おなかの　ふくらんだ　るうくんは「さかみちだって、へいきだい、へいきだい」と　うたいました。

さて、おばけのこが　トンネルを　ぬけると……、そこは　レモンの　木の　みちでした。大きな　レモンの　木に、きいろい　レモンが　すずなりに　みのっていました。

おばけのこは　レモンを　ひとつ　とって　たべました。とっても　すっぱい　レモンでした。

おばけのこは　あんまり　びっくりして、でんぐりがえしを　してしまいました。

おばけのこが　でんぐりがえしを　している　あいだに、るうくんは、やまぶどうの　みちに　きました。むらさきいろの　ぶどうが　たくさん　ぶらさがって　いました。るうくんは、ひとふさ　とりました。そして、ひとつぶ　口に　いれました。あまずっぱい　あじが、口の　なかに　ひろがりました。

「とっても　おいしい　ぶどうだ」

るうくんは　おもいました。でも、るうくんは、さっきの　りんごで　おなかが　いっぱいでした。

「そうだ」

るうくんは　おもいました。

「ぽんぽん山（やま）の　てっぺんで　おばけのこに　あったら、これをあげよう。だって　とっても　おいしい　ぶどうなんだもの」

るうくんは　そう　おもうと、ふんわり　うきあがるような　きもちに　なりました。

るうくんは、むらさきいろのぶどうを　ひとふさ　ポシェットに　いれて、あるきだしました。

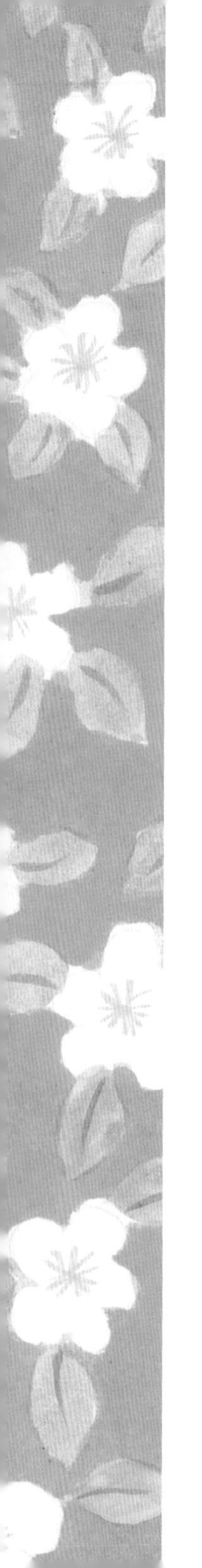

その　ころ　おばけのこは、でんぐりがえしから　ようやく
おきあがって、また　あるきはじめました。
しばらく　あるくと、のばらの　みちに　きました。小さな
白い　のばらが、かぜに　ゆれていました。ほんのり　あまい、
いい　においも　しました。おばけのこは、ほうっ、と　見とれ
て、うっとりしました。
それから　つま先で　立って、いい　においを　ゆっくり　す
いこみました。

るうくんは、ちょっと　足が　つかれました。そこで　もういちど、「さかみちだって、へいきだい、とおくたって、へいきだい」と　じぶんに　げんきを　つけるように　うたを　うたいながら　さかを　のぼっていくと、おや　まあ、もう　山のてっぺんに　つきました。

るうくんの　ちゃいろい　やわらかい　けが、小さな　小さな音を　立てるくらいの、かすかな　かぜが　ふいていました。

とっても　きもちが　いいなあと、るうくんは　おもいました。

るうくんが　とんとんと　ジャンプすると、山が　ぽんぽんとなりました。

その　ころ　おばけのこは、のばらの　においに　からだをふくらませて、その　においに　ついて　かんがえていました。とても　ふしぎな　きもちに　なる　においだったのです。むかし　むかし、その　また　むかし、どこかで　かいだ　ことがあるような、からだが　じわじわ　あたたかくなるような、においでした。
いったい　いつ　かいだ　においなのか、おばけのこは　かんがえました。じっくり　じっくり、かんがえました。あたまがぼうっとして、ちょっと　うとうとしてしまうくらい、かんがえました。

でも、わかりませんでした。すると、おばけのこの　目(め)からぽろん、と　ひとつぶ　なみだが　こぼれました。おばけのこは、びっくりしました。なぜ　なみだが　こぼれたのか、わからなかったのです。

立ちあがって、なみだを　ごしごし　こすりました。ふいに、るうくんの　かおが　あたまにうかびました。

「ぽんぽん山の　ちょうじょうで　あおうね」

あたまの　なかの　るうくんが、にっこりと　いいました。

「るうくんに、あいに
いかなくちゃ」
おばけのこは、また
あるきはじめました。

さて、るうくんは　山(やま)の　てっぺんに　すわって、おばけのこを　まちました。おばけのこが　どこから　あらわれるのか　わからなかったので、ちょっと　まっては、おしりを　うごかして、むきを　かえました。

おばけのこは、なかなか　あらわれません。

その　ころ　おばけのこは、
いっしょうけんめい　さかみちを
のぼっていました。さかみちは、
だんだん　きゅうに　なっていて、
のぼりにくくなっていました。お
ばけのこは、さかみちが　にがて
でした。からだが　かるすぎて、
さかを　ころがってしまいそうに
なるからです。

るうくんは、おばけのこを
まっていました。ほんとうに
くるのかなあ、と　すこし
しんぱいに　なりました。

おばけのこは、すぐに　ころがりそうに　なる　からだを　おさえて、みちばたの　石を　つかみながら、さかみちを　のぼっていきました。るうくんは、まっていてくれるかなあ、と　すこし　しんぱいに　なりました。

空（そら）の　いろが、ほんのり赤（あか）くなってきました。るうくんは、その　いろに　きがつくと、むねが　きゅうっとなりました。この　あとに、よるが　やってくる　ことをしっていたからです。

おばけのこは、どうしちゃったのかなあ、と　おもいました。

その　空の　いろを、おばけのこも　見ていました。るうくん、どうしてるかなあ、と　おもいました。

空の　いろが、すっかり
オレンジいろに　なりました。
るうくんは、おばけのこは
もう　こないのかも　しれな
い、と　おもいました。でも、
すぐに　くるかも　しれない、
とも　おもいました。

おばけのこは、オレンジいろに
そまりながら、るうくんは　もう
てっぺんに　いないかも　しれな
い、と　おもいました。でも、まっ
ていてくれるかも　しれない、と
おもいました。

とうとう　すっかり　日が　おちて、まっくらに　なりました。るうくんは　なきそうな　きもちに　なりました。空に　ほしが　かがやきはじめたのを　見て、るうくんは、もう　かえらなくちゃ、と　おもいました。と、その　とき　みちの　むこうで　ぽっと　ひかるものが　ありました。……おばけのこでした。

るうくんは　はしりました。おばけのこも、つっかえながら、はしりました。

るうくんは　おばけのこを　だきあげました。

「まっていてくれて　うれしい」

おばけのこが　いいました。

「きてくれて　うれしい」

るうくんが　いいました。

るうくんは、ぽうっと　青白（あおじろ）く　ひかる　おばけのこを　見（み）て、おばけのこって　なんて　きれいなんだろう、と　おもいました。

おばけのこは、るうくんに　しがみつきながら、くまのこのるうくんって、なんて　きもちが　いいんだろう、と　おもいました。

「あれ？」

るうくんは、おばけのこの　足（あし）が、むらさきいろに　なってい
るのに　きが　つきました。

「あっ、ぶどう」

るうくんは、ポシェットの　ぶどうを　とりだしました。すこ
し　つぶれていました。ポシェットから　しみだした　ぶどうの
しるが、おばけのこの　足（あし）を　むらさきに　そめていたのでした。

「これ、きみに　あげようと　おもって　もってきてたんだ。す
こし、つぶれちゃってて、ごめんね」

「ありがとう」

おばけのこは、るうくんから　ぶどうを　うけとりました。そして、ひとつぶ　ひとつぶ　とって　たべました。「おいしいね、おいしいね」と　いって　たべながら、おばけのこの　からだは、ぽうっと　ひかる　白い　いろから、ぼうっと　ひかる　むらさきいろに　なっていきました。

ひとつぶ　たべるごとに、むらさきいろは　こくなりました。

「ああ、ぼく」

と、おばけのこは　いいました。

「ぼく、このまま、きえちゃうかも　しれない」

るうくんは　それを　きいて　びっくりしました。

「きえちゃうって、どう　いう　こと!?」

「ぶどう　ありがとう、こんど、ぼくの、うんと……」

おばけのこは、むらさきいろの　からだで　ちょっと　かんがえました。

「チョコレートは　すき?」

おばけのこは　大（おお）きな　こえで　そう　ききました。

「うん、大（だい）すきだよ」

るうくんも、大（おお）きな　こえで　こたえました。

「じゃあ、こんど、……、あげる、ね……」

おばけのこは　もう　すがたがけむりのようでした。こえも　だんだん　小(ちい)さくなって、かすれてきて、よく　きこえません。るうくんは、大(おお)きな　こえで　いいました。

「きこえないよう！」

おばけのこからの　へんじは　ありませんでした。

おばけのこは、よるの　なかに　すっかり　きえてしまいました。

るうくんは、きゅうに　おもいついて、その　ばで　ジャンプしました。山が　ぽんぽんと　なりました。

「きこえたかい？」

すると、とおいような　ちかいような　こえが　しました。

「んー」

その　あと、山が　もう　いちど、ひとりでに、ぽんぽんと　なりました。

るうくんは、音の　した　ほうに　手を　ふりました。

さて、それから　しばらく　たった　ある　日の　こと、るうくんに　こづつみが　とどきました。おばけのこからでした。つつみを　あけると、なかに　チョコレートが　はいっていました。でも　それは　ひと口　かじって　ありました。手がみも　ありました。

るうくんは、おばけのこの　手がみを　よみました。

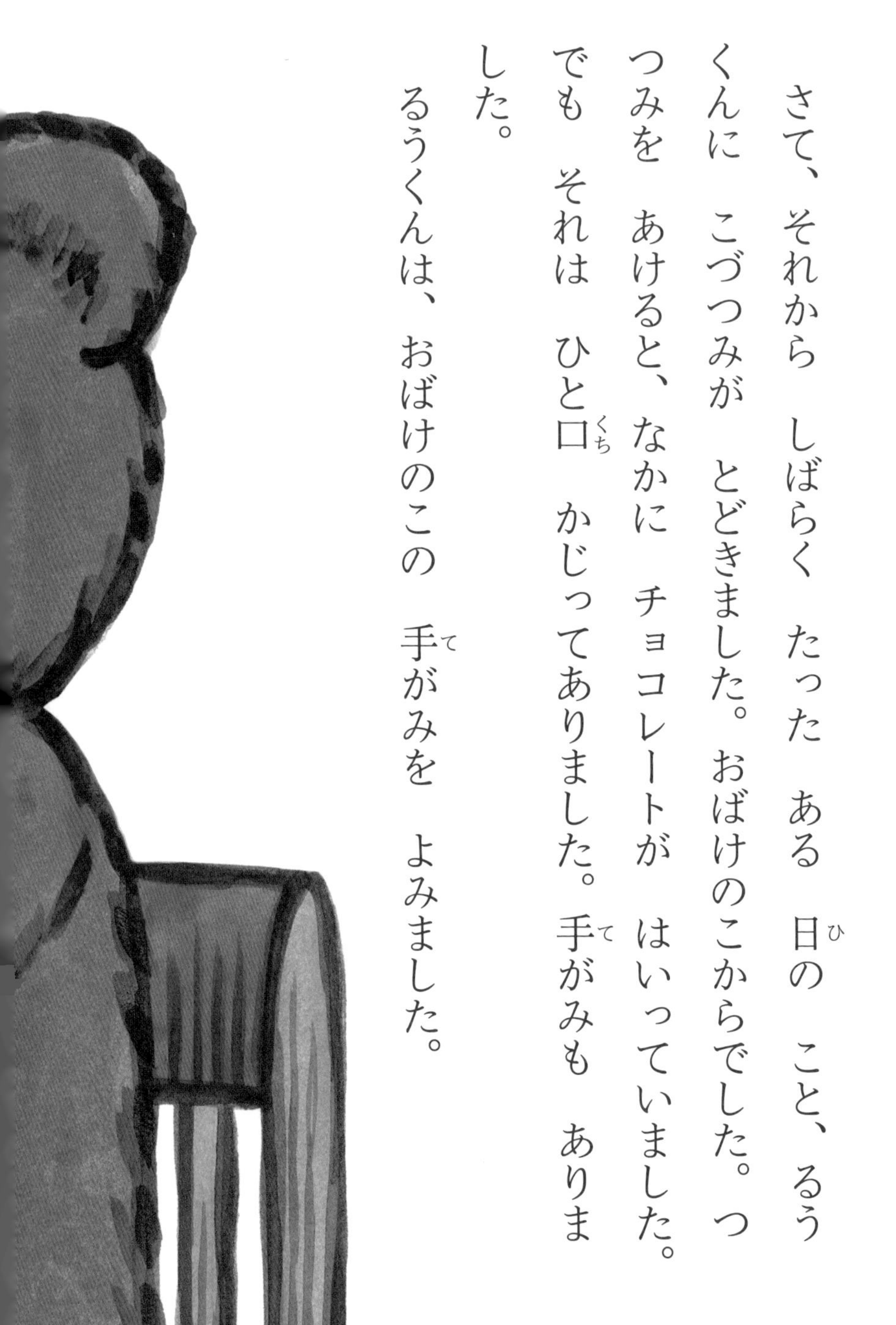

るうくんへ

チョコレートを　かじってたら、きみの　ことを　おもいだしました。ぼくは、あれから　空にきました。空でも　やっぱりぼくは　おばけのこでした。でも、パパと　ママが　できました。ママが　チョコレートを　くれました。チョコレート、るうくんに　あげるって、やくそくしたよね。たべかけで　ごめんね。だけど、おいしいよ。

おばけのこより

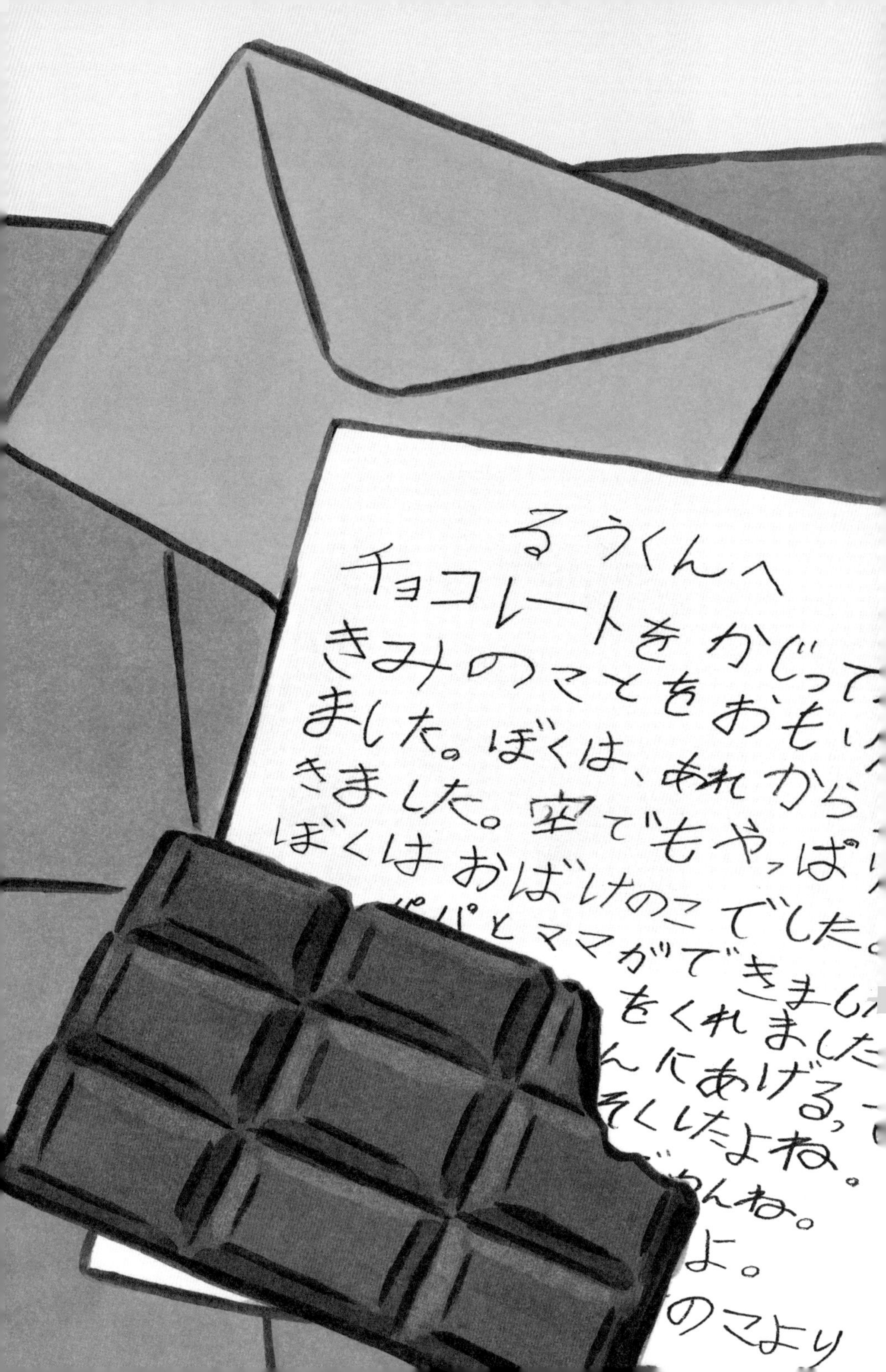
るうくんへ
チョコレートをかじって
きみのことをおもい
ました。ぼくは、あれから
きました。空でもやっぱり
ぼくはおばけのこでした。
パパとママができまし
をくれました
んにあげるっ
そくしたよね。
んね。
よ。
のこより

るうくんは、おばけのこの　手がみを　よみながら、チョコレートを　たべました。それは　ほんとうに　おいしい　チョコレートでした。

ひと口　かじると、あまあい　あじが　ひろがります。口のなかで　すっかり　とけてしまう　ほんの　すこし　まえに、ぬっ、と、ちょっとだけ　にがくなるのです。なんだか　くせになる　あじでした。

るうくんは、むちゅうで　たべて、たべて、とうとう　ぜんぶたべてしまいました。ちょっぴり　おなかが　いたくなりました。

その　よる、　るうくんは
もう　いちど　おばけのこに
あいましたよ。
ゆめの　なかでね。

作 **東直子**（ひがし なおこ）

歌人・作家。1996年、第7回歌壇賞受賞。2016年、『いとの森の家』（ポプラ社）で第31回坪田譲治文学賞を受賞。主な歌集に『春原さんのリコーダー』『青卵』、小説に『とりつくしま』（以上、ちくま文庫）、『晴れ女の耳』（角川文庫）、絵本や児童書に『キャベツちゃんのワンピース』（絵・わたべめぐみ / あかね書房）、『そらのかんちゃん、ちていのコロちゃん』（絵・及川賢治 / 福音館書店）、『あめ ぽぽぽ』（絵・木内達朗 / くもん出版）『わたしのマントはぼうしつき』（絵・町田尚子 / 岩崎書店）などがある。

画 **吉田尚令**（よしだ ひさのり）

絵本の作画を中心に活動。『希望の牧場』（作・森絵都）で、IBBYオナーリスト賞を受賞。絵本作品に『悪い本』（作・宮部みゆき）『パパのしごとはわるものです』（作・板橋雅弘 / 以上、岩崎書店）、『はるとあき』（作・斉藤倫 うきまる / 小学館）、『星につたえて』『ふゆのはなさいた』（作・安東みきえ / 以上、アリス館）、『漢字はうたう』（作・杉本深由起 / あかね書房）、児童書に「雨ふる本屋」シリーズ（作・日向理恵子 / 童心社）などがある。

くまのこのるうくんと おばけのこ

2020年10月25日　初版第1刷発行
2022年　2月17日　初版第2刷発行

作……東直子
画……吉田尚令
装丁・本文デザイン……椎名麻美

発行人……志村直人
発行所……株式会社くもん出版
〒108-8617　東京都港区高輪4-10-18　京急第1ビル13F
電話　03-6836-0301（代表）
03-6836-0317（編集）　03-6836-0305（営業）
ホームページアドレス　https://www.kumonshuppan.com/
印刷……三美印刷株式会社

NDC913・くもん出版・80P・22cm・2020年・ISBN978-4-7743-3071-6

CD 34606